虹

Suzuno Umine 涼野海音句集

堂

目次／虹

句集
虹

第一章

元旦の野の一木に会ひにゆく

御降やしづかに翻訳家

三輪山へ向かつて歩く破魔矢かな

正面に城見えてをり初句会

初旅や雲かがやいて雲の中

人日の夕日へ向かふ鳴門線

寒卵非常口より光さす

春近しテレビ画面にマリオ跳び

子規記念球場に春立ちにけり

あたたかや畳に拾ふ貝ぼたん

屋上にひとりのバレンタインデー

永き日の会ひたき人にまど・みちお

教師辞めたる友と来て芽吹山

青空はどの山も容れ百千鳥

写真家の大きなリュック水温む

さみどりの松葉流るる春の風邪

燕来る男ばかりのジャズ喫茶

花の種蒔く指先をみられたる

日輪にひたと重なる古巣かな

空海の歩きし道の花なづな

旅人は帰らず桜咲きにけり

長靴の子の提げてきし蓬餅

リビングに開くアルバム鳥の恋

海峡に雨降り初むる桜狩

花人と釣り人のゐる汀かな

酒飲めぬ男に亀の鳴きにけり

春の鴨転校生の前にをり

野遊のしばらく黙りゐる二人

お遍路はまぶしき山を仰ぎたる

鉄橋の向かうは知らず揚雲雀

虚子の忌の大海にして波もなし

猫の子に水平線の遥かなる

白地図の上の鉛筆夕ひばり

傘さして蝌蚪の国みる双子かな

春風やパスタの貝の口開いて

島人の通らぬ道の落椿

すれ違ひたる遠足のもう遠き

かげろふや少年の立つ馬の墓

磯遊より戻りたる家しづか
ヒヤシンス書きたき時に書く日記

茶摘女の胸の十字架光りけり

幟立つどの山も色いつはらず

花鋏ほどのつめたさ夏落葉

背広着ぬ父の横顔麦の秋

毛虫焼く炎一枝に絡みけり

葉桜や恩師のその後知らぬまま

箱庭の隅々にさす朝日かな

短夜の人の香残る譜面台

みつ豆を食べたる後の天気雨

夏花摘む朝のひかりのちりぢりに

草よりも髪揺れやすき泉かな

履歴書の空欄に汗落ちにけり

夜の海みゆる一間の衣紋竹

滴りのまはりの音の消えにけり

アメリカの地図を開いて端居かな

悪友が欲し大海に雲の峰

夏野ゆくピーターパンに似たる子と
正面の富士へ飛びたる黒揚羽

火蛾に寄る火蛾ありにけり信長忌

いくたびも虹仰ぎたる背広かな

空蟬や少年院へつづく道

どの雲もおのれ汚さず青芒

背泳ぎの後ろに屋島ありにけり

黄昏の色の蠅捕リボンかな

松風に振り返りたる捕虫網

龍馬より若し草笛海へ吹く

炎帝に山河は傷を隠さざる

日盛の古墳にとどく街の音

かたはらに古きオカリナ夕涼み

睡蓮のつぼみに微熱ありにけり

ゆふぐれの水に映れる羽抜鶏

わが服を畳む母の手虫の夜

新涼の木の影を掃く箒かな

庭のもの何でも活けて生身魂

天の川にはとり白きまま老いぬ

夢違観音とほき秋扇

陰干しのデニム八月十五日

行き先を聞かるる雨の花野かな

鳩吹くや城山に雲とどまらず

廃校にダンプカー来て赤のまま

物干の上の青空震災忌

放哉の島の秋草摘みにけり

桃剝いて夜の雲ほぐれやすきかな

橋姫の話しばらく月の客

月さして亡き人の杖くもりなき

噺きのわが身つらぬく水の秋

秋の蝶ローズマリーにまぎれたる

友はみな氷河期世代いわし雲

寝台はヨットの白さ小鳥来る

芒原抜けきし顔のほのぬくし

秋風や家鴨汚れて戻りたる

拳骨をくらひし昔榠樝の実

月の夜の表紙あせたる西遊記

月へ向くボトルシップの舳先かな

廃業の給油所を飛ぶ草の絮

記念樹に傷ひとつあり鳥渡る

秋澄むや海光差せる腕時計

干柿の下に校長立つてをり

夕暮は山より来たる鶸籠
旅果てぬオリーブの実をてのひらに

冬に入るかしこさうなる赤子の目

旅人に犬ついてゆく小春かな

にごりなき川に沿ひゆく七五三

辛口のカレー勤労感謝の日

夭折は子規のみならず雪蛍

うどん屋の奥のひと間や初時雨

短日の手帳ひらけば海の音

火葬場の裏を流るるかいつぶり

陵の森深く入る冬帽子

撃たれたる狐の眼にごらざる

日輪の澄みて渡れる枯野かな

夕焚火イエスに似たる男立つ

極月や探偵社より人出で来

漱石忌コーヒー豆は夜の色

アルバムの人みな逝きて冬の月

風邪の眼の森の暗さでありにけり

冬帝や樹のしづけさは墓に似て
マンモスの骨を見てゐるマスクかな

夭折の友の文読む冬ひばり

地図になき道に狐火消えにけり

五賢帝時代短し冬の星

短日や子どもの走る家具売場

けふ会ひし人を数ふる柚子湯かな

わが言葉待つがごとくに龍の玉

妻もなき子もなき家の聖樹かな

銭湯の窓から火事を見る女

尾道の港に年を惜しみけり

第二章

初空の少しかげりてローマかな

手毬つく音のだんだんわが音に

初電車幼なじみが子をあやし

武蔵野の松風を聴く恵方道

餅花の影わが肩に濃かりけり

寒椿落つ一灯もなき道に

犬の尾に犬の力や日脚伸ぶ

春を待つ紅茶の缶の天使の絵

春の来てをり飛び石の先の先

オルガンの蓋へ落ちゆく紙風船

予約席より早春の逗子の海

恋猫のノートパソコン跳び越ゆる

永き日の海のにほひの石ひとつ

開帳や声の鋭き山の鳥

囀へ拳をひらく赤ん坊

うさぎの目ほどの木の実を植ゑにけり

サーカスの帰りに摘みし土筆かな

誰も見ず観潮船の大鏡

春の雲もう龍太亡く子郷なく

蜷の道たどれば生家ありにけり

水温む少し伸びたる山羊のひげ

声小さく入る如月の雑木山

卒業や日の当たりたる坂の上

卒業の子に夕波のいつまでも

山笑ふ頃の通勤電車かな

あたたかやめがね拭くとき空を見て

水温む鳥ばかり描く少年に

涅槃図の獅子の見つむる虚空かな

封書切るときの震へやヒヤシンス

未知の空あり風船に青年に

見習ひのコックと仰ぐ桜かな

礼拝の真つ只中を鳥の恋

花冷や馬の黒さのオートバイ

ミニチュアのパン屋を覗く日永かな

草わけて夕風きたる放哉忌

球場の真中に立てば揚雲雀

遠足の河童の淵を覗きをり

花束のやうに猫の子抱きあぐる

初恋は語らず風のクローバー
拍手湧くかに裏山のさへづりは

五月来る森の中なる神学部
メーデーのドックに朝日昇りけり

台所より新緑の讃岐富士

バイクいま獣の熱さ麦の秋

梅雨寒の背広に街のにほひあり

駅の灯は家の灯に似て桜桃忌

短夜やロシア映画に大き森

狼のやうな犬連れ大夏野

父の日の切り岸を石落ちゆけり

ゆく道のやがて一人や蛍狩

球場の声はるかよりソーダ水

山頭火ほどは歩かず夏蓬

聖書読む眼を青蔦に移しけり

青空に近づく茅の輪くぐりかな

海峡のひかりに開く落し文

どの蟻も背広のわれにかかはらず

本能寺跡にサイダー飲みほせり

草笛を吹きつつ朝の艇庫まで

南風や星条旗立つレストラン
起し絵の幼帝に日の差しにけり

河童忌の部屋の片隅暗きまま

捕虫網探鳥会とすれ違ふ

水底は死後のあかるさ合歓の花

研修の始まる朝のトマトかな

玉虫の光は天へとどかざる
大木にもたれて眠る水着の子

金魚田の隅の波立つ夜明けかな

アステカもインカも滅び雲の峰

夕顔と旅芸人の大鞄

途絶えたる師系あまたや天の川

東京の地図に雨つぶ星祭

鶏頭の後ろ喪服の男立つ

ひぐらしや職なき頃の日記帳

わが影にしばし向き合ひ墓洗ふ

草なびく方へ帰る子終戦日

前髪も露草も濡れゐたりけり

マラソンのゴールに大樹初嵐

長生きのにはとりに水澄みにけり

メール来る流星群を待ちをれば
駅員に一人の時間秋の草

晴れ男きて蓮の実の飛びにけり

玄関に見知らぬ靴や鵙日和

皆帰りたる子規の忌の畳かな

日差しいま水のかがやき障子貼る

ジーンズの膝にさす日や小鳥来る

倒木にかすかなぬくみ秋の風

キリシタン隠れし村を霧流る
秋草のにほひの手紙届きたる

色あせぬままペン立ての愛の羽根

登高や亡き人の句をつぶやいて

大花野師を追ふやうに雲を追ひ

エプロンのポケットにある木の実独楽

病む猪に一番星のまたたきぬ

火恋し鳥獣戯画を見て来し夜

黄落や膝につめたき黒鞄

傷舐めてゐる猫と秋惜しみけり

冬に入るアンモナイトのゆるき渦

小春日の車掌筆談してゐたり

ジオラマのビルの灯れる神の留守

綿虫のまはり明るくなりにけり

波郷忌や日にあたたまる旅鞄

冬帝の息とどとのふる雲の中

街の音いつとき絶えし落葉かな

極月や子豚重なり眠りたる

給油所にとどく波音日短か

失恋の弟葱を刻みをり

西行の話におよぶ火鉢かな

寄り合うて子どもばかりの日向ぼこ

交番の聖樹に星のなかりけり

枯芝を旅の続きのごとく行く

雪を呼ぶ雲の来てゐる大欅

どの島も灯りて年の逝きにけり

あとがき

俳句を始めて二十年となる。二十年の間に初学の結社の終刊や身近な句会の閉会を見届けた。今までお世話になった先生方に心より感謝したい。また現在「晨」、「梓」、「いぶき」でお世話になっている方々にもお礼を申し上げる。

第一句集を出版後、六つの超結社句会（通信句会を含む）を立ち上げた。「足は地元に、目は全国に」をモットーに、全国の方、百三十名と超結社句会をして早十年が経つ。これからも仲間とともに精進したい。

令和六年一月

涼野海音

著者略歴

涼野海音（すずの・うみね）

昭和56年　香川県高松市生まれ
「白桃」「火星」などを経て、現在「晨」同人。
「梓」「いぶき」会員。俳人協会会員。
第１句集『一番線』（文學の森、平成26年）出版。

受賞歴
平成28年　第４回星野立子新人賞。
平成29年　第５回俳句四季新人賞、第１回新鋭俳句賞準賞。
平成30年　第31回村上鬼城賞正賞。

現住所：　〒761-8084　香川県高松市一宮町1850番地5　増田盛治方
Ｍａｉｌ：　suzunoumine@gmail.com
ブログ：　涼野海音の俳句部屋
http://suzunoumine.blog.fc2.com/

句集　虹　にじ

二〇二五年一月一七日　初版発行

著　者――涼野海音

発行人――山岡喜美子

発行所――ふらんす堂

〒182-0002 東京都調布市仙川町一―一五―三八―二F

電　話――〇三（三三二六）九〇六一　FAX〇三（三三二六）六九一九

ホームページ https://furansudo.com/　E-mail info@furansudo.com

振　替――〇〇一七〇―一―一八四一七三

装　幀――君嶋真理子

印刷所――三修紙工㈱

製本所――三修紙工㈱

定　価――本体二六〇〇円＋税

ISBN978-4-7814-1660-1　C0092　¥2600E